KB015749

네모 퀴즈
속담 300
요거 하나로 속담왕!
뱀의 머리가 낫지!

개정판 1쇄 발행 2023년 1월 2일

글 해비치 | **그림** 안광현, 손종근
펴낸이 김준성 | **펴낸곳** 도서출판 키움
등록 2003.6.10(제18-144호)
주소 경기도 파주시 회동길 325-16
전화 02-887-3271,2 | **팩스** 031-941-3273 | **홈페이지** www.kwbook.com
ISBN 978-89-6274-585-6

뚝뚝한 어린이 첫 사전

네모 퀴즈

속담 300

요거 하나로 속담왕!

뱀의 머리가 낫지!

도서출판 키움

속담이 왜 좋을까요?

속담은 오랜 옛날부터 전해 내려오는 교훈을 짧고 쉽게 표현한 글이에요. 조상들의 지혜로운 처세술이 담겨 있어, 어린이들이 올바른 행동의 기준으로 삼는 데 큰 도움이 되지요. 또한, 어휘력·표현력·사고력·관찰력을 쑥쑥 키워 준답니다.

어린이 첫 속담 사전

이 책에는 지혜로운 속담이 **300개**나 담겨 있어요.
노력에 관한 속담, 우정에 관한 속담, 말조심에 관한 속담 등
어린이에게 필요한 다양한 속담을 배울 수 있답니다.

네모 퀴즈로 정답 찾기

나는 얼마나 많은 속담을 알고 있을까?
친구들, 혹은 가족과 함께 네모에 어떤 낱말이 들어가야
할지 알아맞혀 보세요. 어린이의 **호기심**과 **성취감**이 UP!

속담에는 우리가 잘 알지 못했던 어휘가 수두룩하답니다.
하나하나 읽고 이해하며 친구들의 어휘력을 넓혀 보세요!
재미있는 만화를 읽으며 어떤 상황에서 쓰이는 속담인지도
쉽게 배울 수 있답니다.

이 책의 구성

★ 본문 구성

❶ 300개의 속담을 소개해요.

❷ 네모 속에 들어갈 낱말을 맞혀 보세요.
내가 얼마나 많은 속담을 알고 있을지 궁금하지 않나요?

❸ 속담 속 상황이나, 언제 쓰이는지를
재미있는 만화로 쉽게 이해할 수 있어요.

❹ 네모 속 정답과 설명이 요기에! 페이지를
넘길 때는 아랫부분을 가리는 것도 좋겠죠?

★ 재미있게 읽는 방법

1. 책을 펼칠 때, 재빨리 아랫부분을 가려요.
2. 네모 속에 어떤 낱말이 들어가야 할지 생각해 보아요.
3. 만화를 보고 어떤 상황에 쓰이는 속담인지 힌트를 얻어요.
4. 친구들이나 형제, 부모님에게 문제를 내며 더욱 재미있게 즐겨요.

차례

가는 날이  이다

우연히 구경을 나갔는데 장이 열려 있으면 굉장히 반갑겠지요? 이처럼, **생각지도 못했던 일이 마침 일어날 때 쓰는 말**이랍니다.

가는 말이 고와야 ㅇ ㄴ 말이 곱다

내가 친구에게 말이나 행동을 좋게 해야, 친구도 나에게 좋게 한다는 말이에요.

정답 | 오는

가는 방망이 ㅇ ㄴ 홍두깨*

*홍두깨 : 옛날에 옷을 매끄럽게 할 때 쓰던 아주 단단한 방망이.

이쪽에서 방망이로 때리면 저쪽에서는 홍두깨로 때린다는 뜻이에요. **남에게 피해를 주면 자신은 더 큰 피해를 볼 수 있다는 말**이랍니다.

정답 | 오는

ㄱㄴ 토끼 잡으려다 잡은 토끼 놓친다

이미 토끼를 잡았는데 또 다른 토끼를 쫓으려다가는
잡은 토끼마저 잃을 수 있다는 말이에요.
욕심을 부리면 잡은 것도 놓친다는 뜻이지요.

가랑비*에 옷 ㅈㄴ 줄 모른다

*가랑비 : 하늘에서 가늘게 내리는 비.

가랑비처럼 적은 양의 비에도 옷은 젖지요.
아무리 작은 일이라도 거듭되면 큰일이 된다는 말이랍니다.

정답 | 젖는

006

가랑잎이 솔잎더러 ㅂ ㅅ ㄹ 거린다고 한다

잎이 넓은 가랑잎은 서로 잘 부딪쳐서 바스락 소리가 나요.
하지만 솔잎은 잎이 가늘어 소리가 안 나요.
자기의 단점은 생각하지 않고 남의 단점만 나무랄 때 써요.

ㄱ ㅁ 에 콩 나듯

비가 내리지 않는 가뭄에는 콩이 제대로 싹트지 못해서 드문드문 나요. **일이나 사물이 어쩌다 하나씩 드문드문 있을 때 쓰는 말**이에요.

008

가재는 ㄱ 편이라

가재와 게는 비슷하게 생겼어요. **모습이나 상황이 비슷한 사람끼리 서로 돕거나 편을 들어줄 때** 써요.

정답 | 게

가지 많은 나무에 ㅂ ㄹ 잘* 날 없다

*잦다 : 거친 기운이 잠잠해지거나 가라앉다.

가지가 많아 잎이 우거진 나무는 작은 바람에도 잎이 흔들려 소리를 내요. **자식이 많은 부모는 근심과 걱정이 끊이지 않는다는 뜻**이에요.

간에 가 붙고

ㅆ ㄱ 에 가 붙는다

간에 붙어 이득을 얻은 뒤 또 다른 이득을 얻으려고 쓸개에 달라붙어요. **자기에게 좋은 쪽으로 이곳저곳 가리지 않고 옮기는 모습**을 뜻해요.

정답 | **쓸개**

ㄱ 에 기별* 도 안 간다

*기별: 다른 곳에 소식을 전함.

위장에서 소화된 음식은 영양분이 되어 간으로 이동해요.
너무 적게 먹으면 영양분이 간으로 가지도 못하죠.
음식을 아주 적게 먹어, 먹으나 마나 했을 때 쓰는 말이에요.

정답 | 간

012

간이 ㅋ ㅇ 만 해지다

간은 우리 몸에서 가장 큰 장기예요. 큰 간이 아주 작게 쪼그라들 정도로 무서울 때 쓰는 말이에요.

정답 | 콩알

갈수록 ㅌㅅ

태산은 중국에서 가장 큰 산이에요.
아무리 올라도 또 다른 산봉우리가 버티고 있어요.
갈수록 어려운 상황에 놓이게 될 때 쓰는 말이랍니다.

정답 | 태산

감나무 밑에 누워서 ㅎ ㅅ 떨어지기를 기다린다

홍시가 떨어질 때까지 나무 밑에서 기다리기만 한다는 말로,
아무 노력도 하지 않고 좋은 결과만 바랄 때 써요.

정답 | 홍시

같은 값이면 ㄷㅎㅊㅁ

같은 값이라면 좀 더 예쁜 다홍치마를 고른다는 말이에요.

**값이 같거나 같은 노력을 한다면
더 좋은 것을 택한다는 말**이에요.

정답 | 다홍치마

016

개구리 ㅇㅊㅇ 적 생각을 못한다

올챙이는 자라서 개구리가 돼요. 형편이나 사정이 전보다 나아졌다고 자기가 처음부터 잘났던 것처럼 뽐내는 모습을 이를 때 쓰지요.

정답 | 올챙이

개똥밭에 굴러도 ㅇㅅ이 좋다

지금 사는 세상을 '이승', 죽은 사람의 영혼이 가서 사는 세상을 '저승'이라고 해요. **아무리 힘들어도 죽는 것보다는 사는 게 낫다는 말**이에요.

정답 | 이승

개밥에 ㄷㅌㄹ

개는 도토리를 먹지 않아요. 밥에 도토리가 있어도 남긴답니다. **따돌림을 받아서 친구들과 어울리지 못하는 사람을 이를 때** 써요.

정답 | 도토리

개천*에서 □ㅇ 난다

*개천 : 빗물이나 집안의 더러운 물이 흘러가도록 길게 판 좁은 개울.

어려운 환경에서 훌륭한 사람이
나왔을 때 쓰는 말이랍니다.

정답 | 용

걸기도 전에 ㄸ ㄹ ㄱ 한다

걸기 시작한 아기들은 아직 뛰지 못해요. 뛰려면 먼저 걸을 수 있어야 하듯이 **쉬운 일도 하지 못하면서 어려운 일을 하려고 할 때 쓰는 말**이에요.

정답 | 뛰려고

ㄱㅇㄹ 일꾼 밭고랑* 세듯

*밭고랑 : 밭작물이 늘어서 있는 줄과 줄 사이의 고랑을 통틀어 이르는 말.

게으른 일꾼이 자기가 얼마만큼 일했나 보려고 자꾸 밭고랑을 세듯, **일은 안 하고 빨리 그 일에서 벗어나고 싶어 꾀만 부리는 사람을 이를 때 쓰는 말**이에요.

022

계란에도  가 있다

운이 없는 사람은 계란을 얻어도 뼈가 있어서 먹을 수 없다는 말로,
운이 없는 사람이 겨우 기회를 잡았으나 그마저도 잘 안될 때 쓰는 말이에요.

정답 | 뼈

고기는 씹어야 맛이요, □은 해야 맛이라

고기의 참맛을 알려면 겉만 핥을 것이 아니라 꼭꼭 씹어야 하듯이, **할 말이 있으면 마음에만 담아 둘 것이 아니라 속 시원하게 해야 한다는 말**이랍니다.

정답 | 말

고래 싸움에 ㅅㅇ 등 터진다

큰 고래끼리 싸우는데 괜히 옆에 있던 몸집 작은 새우가 피해를 본다는 말이에요. **힘센 사람들끼리 싸우는 바람에 아무 상관없는 약한 사람이 중간에서 딱하게 됐을 때** 써요.

ㄱ ㅅ 끝에 낙*이 온다

*낙 : 즐거움이나 재미.

어려운 일을 겪고 나면 반드시 좋은 일이 생긴다는 말이에요. **열심히 살아가는 많은 사람에게 희망을 줄 때 쓰는 말**이랍니다.

026

고생을  한다

자신이 괜히 어려운 일을 해서 고생한다는 뜻이에요.
**하지 않아도 될 일을 하는 바람에
고생하게 될 때 쓰는 말**이에요.

정답 | 사서

고슴도치도 제 자식이 제일 ㄱ ㄷ 고 한다

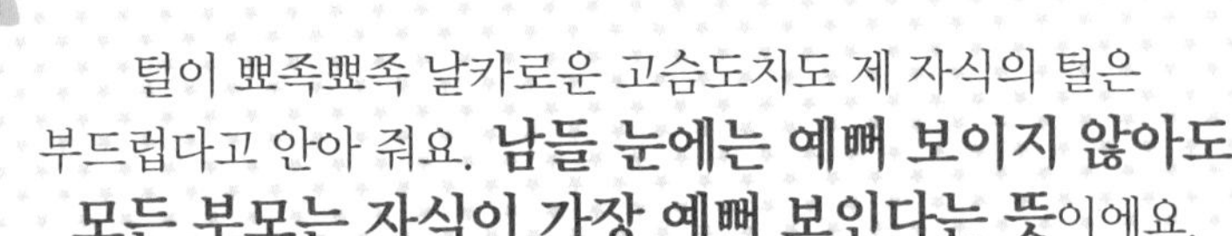

털이 뾰족뾰족 날카로운 고슴도치도 제 자식의 털은 부드럽다고 안아 줘요. **남들 눈에는 예뻐 보이지 않아도 모든 부모는 자식이 가장 예뻐 보인다는 뜻**이에요.

정답 | 곱다

028

고양이 목에 [ㅂ ㅇ] 달기

쥐들이 고양이 목에 방울을 달기로 했지만 달 방법이 없어요.
이처럼 **해내기 어려운 일로 의논하는 것을 두고 하는 말**이에요.

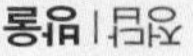

ㄱㅇㅇ 앞에 쥐

고양이를 피하려고 도망치다가 붙잡힌 쥐처럼, **무서운 사람 앞에서 꼼짝 못하는 사람을 두고 하는 말**이에요.

정답 | 고양이

고양이 ㅈ 생각

아닌 척하지만 속으로는 쥐 잡아먹을 생각만 하는
고양이처럼, **속으로 나쁜 생각을 하면서 겉으로는
잘해 주는 모습을 말해요.**

정답 | 쥐

고양이한테 ㅅㅅ을 맡기다

고양이에게 생선을 맡기면 날름 먹어 버리겠지요? 어떤 일이나 물건을 믿지 못할 사람에게 맡기고 걱정하는 모습을 뜻해요.

정답 | 생선

032

고운 사람 미운 데 없고 미운 사람 ㄱㅇ 데 없다

내 눈에 고운 사람은 어떤 말이나 행동을 해도 다 좋게만 보여요.
하지만 내 눈에 미운 사람은 어떤 일을 해도
미워 보인다는 뜻이에요.

정답 | 고운

ㄱ ㄷ 탑이 무너지랴

오랜 시간 공들여 쌓은 탑은 쉽게 무너지지 않아요. **정성을 다해 한 일은 반드시 좋은 결과를 얻는다는 뜻**이에요.

정답 | 공든

ㄱㄱ 꼬치에서 곶감 빼 먹듯

곶감은 달고 맛있어서 하나씩 먹다 보면 언제 없어지는 줄도 몰라요.
열심히 모아 놓은 재산을 조금씩 써 버리는 것을 말해요.

정답 | 곶감

ㄱㄷㄱ 무서워 장 못 담글까

구더기가 생길까 봐 장을 담그지 않는 것은 어리석은 행동이에요. **방해되는 것이 있어도 해야 할 일은 반드시 해야 한다는 뜻**이에요.

정답 | 구더기

ㄱ ㄹ ㅇ 담 넘어가듯

긴 구렁이가 소리도 없이 스르륵 담을 넘어가듯이,
어떤 일을 확실히 하지 않고 슬쩍 넘어가려 하는 모습을 뜻하는 말이에요.

ㄱ ㄹ ㄴ 돌은 이끼가 안 낀다

꾸준히 움직이고 구르는 돌에는 이끼가 낄 시간이 없어요.
이렇듯 **쉬지 않고 노력하는 사람은**
계속 발전한다는 말이에요.

038

구슬이 서 말* 이라도 ㄲㅇㅇ 보배라

*말 : 곡식이나 가루의 양을 잴 때 쓰는 단위.

구슬이 많아도 꿰어서 목걸이를 만들지 않으면 가치가 없듯이,
아무리 좋은 것이라도 다듬어 쓸모 있게 만들어야 진정으로 가치가 있다는 말이에요.

정답 | **꿰어야**

ㄱ ㄹ ㅇ 돌이 박힌 돌 뺀다

데굴데굴 굴러 온 돌이 박혀 있던 돌을 밀어내고 그 자리를 차지해요.
새로 온 사람이 원래 있던 사람을 내보내거나 못살게 구는 모습을 뜻하는 말이에요.

정답 | 굴러온

굼벵이도 ㄱ ㄹ ㄴ 재주가 있다

동작이 느리고 굼뜬 굼벵이도 데굴데굴 구를 수 있어요.
아무리 못난 사람도 누구나 재주 하나씩은 있다는 뜻이에요.

041

귀에 걸면 귀걸이, 코에 걸면 ㅋㄱㅇ

어떤 것이 하나로 정해져 있지 않다는 말이에요.
어떻게 보고 생각하느냐에 따라 이렇게도 될 수 있고,
저렇게도 될 수 있다는 뜻이지요.

정답 | 코걸이

그림의 ㄸ

아무리 맛있는 떡도 그림 속에 있다면 먹을 수 없겠지요? 마찬가지로 **아무리 마음에 들고 좋은 것을 보아도, 쓸 수 없거나 가질 수 없을 때 쓰는 말**이에요.

긁어 ㅂㅅㄹ

피부에 볼록하게 튀어나온 염증을 부스럼이라고 해요.
상처는 가만두면 낫지만 긁으면 더 아프거나 덧나요.
괜히 일을 건드려 더 힘들게 만든다는 말이에요.

정답 | 부스럼

금강산도 ㅅ ㅎ ㄱ

아무리 금강산 풍경이 아름다워도 배고프면 눈에 들어오지 않아요.
배가 불러야 모든 일이 즐겁다는 뜻이에요.

정답 | 식후경

급하면 바늘 ㅎ ㄹ 에 실 매어 쓸까

바빠도 바늘귀에 실을 꿰어야지, 바늘허리에 매어서는 바느질을 할 수 없어요. **아무리 급해도 일의 순서를 지켜야 한다는 뜻**이에요.

046

ㄱ ㅎ 먹는 밥이 목이 멘다

배고프다고 급하게 밥을 먹으면 목에 걸려 잘 넘어가지 않아요.
이처럼 일을 너무 서둘러서 잘못되었을 때 쓰는 말이에요.

길고 ㅉ ㅇ 것은

대어 보아야 안다

길고 짧음은 자로 재어 보아야 알 수 있어요.
크고 작고, 이기고 지고, 잘하고 못하는 것은
실제로 겨루어 보거나 겪어 보아야 알 수 있다는 말이에요.

정답 | 짧은

048

ㄲㅁㄱ 고기를 먹었나

까마귀는 가을에 겨울 동안 먹을 것을 숨겨 두는데, 그것을 끝내 다 찾아 먹지 못해요. 이런 까마귀에 빗대어 **잘 잊어버리는 사람을 놀릴 때 쓰는 말**이에요.

정답 | 까마귀

까마귀 날자 ㅂ 떨어진다

까마귀가 날아가려는 순간 우연히 배가 떨어졌어요.
아무 상관 없는 일이 우연하게 동시에 일어나 억울한 의심을 받을 때 쓰는 말이에요.

정답 | 배

꼬리가 ㄱ ㅁ 밟힌다

꼬리가 긴 짐승에 빗대어, 꼬리가 길면 밟히고, 밟히면 잡힌다는 이치를 나타내요. **한 번은 남들 모르게 나쁜 짓을 할 수 있으나 계속하면 결국 들킨다는 뜻**이에요.

정답 | 길면

꿀 먹은 ㅂ ㅇ ㄹ

꿀을 먹었지만, 그 꿀의 맛을 설명할 수 없는 벙어리처럼,
속에 있는 생각을 표현하지 못하는 사람을 두고 하는 말이에요.

정답 | 벙어리

꿀도  이라면 쓰다

달콤한 꿀도 약이라고 하면 쓰게 느껴져요. 도움이 되는 좋은 말이나 충고를 잔소리로 듣고 받아들이지 않는 것을 뜻하는 말이에요.

ㄲ 보다 해몽*이 좋다

*해몽 : 꿈에 나타난 일을 풀어서 좋고 나쁨을 판단함.

나쁜 꿈도 좋게 해석하면 좋은 꿈이 될 수 있어요. **나쁜 일이 일어났을 때, 그럴듯하게 좋게 받아들이는 것을 뜻**해요.

정답 | 꿈

꿩 대신 ㄷ

예전에는 떡국을 끓일 때 꿩을 넣었어요. 그런데 꿩을 구하는 게 어렵다 보니 닭을 넣게 되었어요. **내가 쓰려는 것이 없어 비슷한 것으로 대신할 때** 쓰여요.

정답 | 닭

꿩 먹고 ㅇ 먹기

꿩고기를 먹으려고 꿩을 잡아 삶았어요. 그런데 먹다 보니 배에 알까지 들어 있는 게 아니겠어요? 이처럼 **한 가지 일을 했는데, 두 가지 이익을 볼 때 쓰는 말**이에요.

정답 | 알

ㄴ 먹기는 싫어도 남 주기는 아깝다

이미 배가 불러 더는 먹을 수 없지만 다른 사람에게 주기는 싫어요. **나한테 쓸모가 없는데도 남에게 주고 싶지는 않은 못된 마음을 뜻하는 말**이에요.

057

나는 바담 풍 해도 너는 [ㅂ ㄹ] 풍 해라

어느 혀 짧은 스승이 '바람 풍(風)' 을 "바담 풍!" 이라 했더니 학생들이 잘못 따라 외웠다는 데서 나온 말로, **나는 잘못 행동하면서 다른 사람한테는 잘하라고 할 때** 써요.

ㄴ ㄴ 새도 떨어뜨린다

말 한마디면 날아가는 새도 잡아다 바칠 정도로 힘이 막강한 사람을 보고 하는 말이에요. **권력이 대단하여 모든 일을 자기 마음대로 할 수 있는 상태**를 뜻해요.

정답 | 나는

ㄴ ㅇ 는 못 속인다

아무리 나이를 감추려고 해도 사람은 누구나 나이에 맞는 행동을 하기 마련이라는 뜻이에요.
그 사람의 행동이나 말투에서 반드시 티가 나지요.

정답 | 나이

ㄴㅈㅇ 보자는 사람 무섭지 않다

당장 어떻게 하지도 못하면서 두고 보자고만 하는 사람은 무서워할 필요가 없다는 뜻이에요. 나중에 어떻게 하겠다고 말로만 하는 것은 아무 소용이 없답니다.

정답 | 나중에

061

낙숫물*이 댓돌*을 ㄸㄴㄷ

*낙숫물 : 처마 끝에서 떨어지는 물. *댓돌 : 낙숫물이 떨어지는 곳에 놓은 돌.

아무리 작은 힘이라도
꾸준하게 노력하면 큰일을 이룬다는 뜻이에요.

정답 | 뚫는다

062

ㄴ ㄱ 돋친 범

'범' 은 또 다른 우리말로 '호랑이' 를 뜻해요.
가뜩이나 힘센 호랑이에게 날개까지 있다면 정말 강하겠죠?
몹시 날쌔고 용맹스러운 모습을 이를 때 쓰는 말이에요.

정답 | 날개

ㄴ 의 다리 긁는다

내 다리가 가려운데 남의 다리를 긁으면 다른 사람만 시원하겠죠? **내가 한 일이 결국 다른 사람에게 좋은 일이 되었을 때 쓰는 말**이에요.

답 | 남의

ㄴ의 말이라면 쌍지팡이 짚고 나선다

아무리 몸이 불편해도 남의 말이라면 쌍지팡이를 짚고서라도 나선다는 말로, **다른 사람의 허물에 관해서 이야기하기 좋아하는 사람을 이르는 말**이에요.

정답 | 남

남의 ㅈㅊ에 감 놓아라 배 놓아라 한다

우리 집 잔치에 누군가 와서 이래라저래라 하면 기분이 어떨까요? **쓸데없이 남의 일에 간섭하고 나서는 것을 말할 때** 써요.

정답 | 잔치

066

낫 놓고 ㄱ ㅇ 자도 모른다

낫의 모양이 'ㄱ' 자를 닮은 데서 나온 말이에요. 낫을 보고도 'ㄱ' 자를 모를 만큼 **아는 것이 없는 모습을 이를 때** 써요.

정답 | 기역

낮말은 새가 듣고 밤말은 ㅈ 가 듣는다

아무리 비밀스럽게 한 말이라도 반드시 남의 귀에 들어가게 된다는 말이에요. **누가 없는 곳이라도 함부로 말하지 말고 항상 조심해야 한다는 뜻**이에요.

정답 | 쥐

068

내 코가 ㅅ ㅈ

한 자는 약 30cm로, 석 자면 약 90cm예요. 내 콧물이 90cm나 흘러내리면 남을 돌보기 어렵겠죠? **지금 나에게 닥친 사정이 급하여 남을 돌볼만한 여유가 없다는 뜻**이에요.

정답 | 석 자

ㄴㅅ 먹고 이 쑤시기

냉수를 마시고 고기라도 먹은 것처럼 이를 쑤시듯,
실제로는 아무것도 없으면서 있는 체할 때 쓰는 말이에요.

정답 | 냉수

넘어지기 전에

ㅈ ㅍ ㅇ 짚다

넘어지려고 하는 순간 지팡이를 짚어 위기를 넘기듯, **어떤 일에 실패하거나 화를 입기 전에 미리 준비한다는 말**이에요.

정답 | 지팡이

ㄴ ㅊ 고기가 더 크다

잡은 고기를 놓치고 나면 큰 고기를 놓친 것 같아 아쉬운 마음이 드는 것처럼, **지금 가지고 있는 것보다 잃은 것이 더 좋아 보일 때 쓰는 말**이에요.

정답 | 놓친

ㄴ ㅇ 자리 봐 가며 발을 뻗어라

다리를 뻗기 전에 내가 들어가서 누울 만한 공간이 나오는지 생각해야 해요. **어떤 일을 할 때, 다가올 결과를 생각해서 미리 살피고 일을 시작하라는 말**이에요.

ㄴ ㅇ ㅅ 떡 먹기

누워서 손만 움직여 떡을 먹기는 아주 쉬워요.
그만큼 어떤 일이 하기 쉽고 편할 때 쓰는 말이에요.

정답 | 누워서

누워서 大 뱉기

누워서 침을 뱉으면 내 얼굴로 떨어지겠죠?

남에게 해를 입히려고 한 일이 오히려 나에게 해가 될 때 쓰는 말이에요.

정답 | 침

누이[*] 좋고 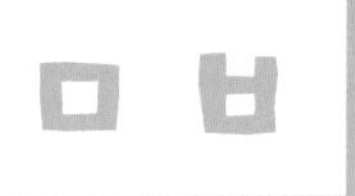 좋다

*누이 : 남자가 여자 형제를 이르는 말.

누이에게 좋은 일이 있으면 누이의 남편인 매부에게도 좋다는 말이에요. **어떤 일에 있어 양쪽 모두에게 이롭다는 말**이에요.

정답 | 매부

눈 가리고 

다른 사람의 눈을 가리고 고양이 소리를 내어도 그 사람을 속일 수 없듯이, **무슨 일이 있는지 다 알고 있는데 얕은수로 속이려 한다는 뜻**이에요.

정답 | 야옹

ㄴ 에 콩깍지*가 씌었다

*콩깍지 : 콩을 감싸고 있는 꼬투리.

콩깍지가 콩을 감싸듯 눈을 감싸면 잘 안 보이겠죠?

눈앞이 가려져 사물을 정확하게 보지 못할 때 쓰는 말이에요.

정답 | 눈

078

눈을 [ㄸ ㄷ] 코 베어 간다

눈을 멀쩡히 뜨고 있어도 코를 베어 갈 만큼 세상인심이 고약하다는 말로, **정신을 똑바로 차리지 않으면 나도 모르는 사이에 피해를 본다**는 의미로 사용해요.

정답 | 뜨고

ㄴ ㄱ 배운 도둑이 날 새는 줄 모른다

도둑이 늦게 배운 도둑질에 재미가 들려 날 새는 줄도 모르고 도둑질하듯, **뒤늦게 어떤 일에 재미를 붙인 사람이 그 일에 정신을 쏟느라 그칠 줄 모르는 것**을 말해요.

정답 | 늦게

다 가도 [ㅁ ㅌ] 못 넘기

목표까지 거의 다 왔는데 힘이 부족한 나머지 문턱을 못 넘는 것처럼, **열심히 일했지만, 끝을 잘 못 맺어서 헛수고했다는 말**이에요.

정답 | 문턱

081

다 된 죽에  풀기

다 끓여 놓은 죽에 더러운 코를 풀면 먹을 수 없겠죠?
**거의 다 된 일을 망쳐 버리거나
일부러 방해하는 것을 두고 하는 말**이에요.

정답 | 코

082

다람쥐 ㅊㅂㅋ 돌 듯

쳇바퀴 안에서는 아무리 달려도 제자리걸음이에요.
이렇듯 더 나아지지 못하거나 변하지 않는
모습을 이를 때 쓰는 말이에요.

정답 | 쳇바퀴

ㄷㄷㅎ 땅에 물이 괸다

바닥이 단단해야 물이 빠져나가지 않고 고여요.

무슨 일이든 마음을 굳게 먹고 해야 좋은 결과를 얻을 수 있다는 말이에요.

정답 | 단단한

달걀로 ㅂ ㅇ 치기

달걀로 아무리 딱딱한 바위를 친들, 바위는 깨뜨릴 수 없다는 말로, **싸워서 절대 이길 수 없는 경우를 이를 때 쓰는 말**이에요.

정답 | 바위

085

달도 ㅊㅁ 기운다

동그랗게 차올랐던 보름달도 시간이 지나면 홀쭉해져요.
이처럼 **세상 모든 일은 한 번 잘되면 다시 쇠하기 마련이라는 뜻**이에요.

정답 | 차면

086

달리는 말에 ㅊㅉㅈ

달리는 말에 채찍질하면 더 빨리 달려요.
잘하고 있을 때 더 하라고 한다는 뜻이에요.

정답 | 채찍질

달면 삼키고 ㅆ ㅁ 뱉는다

맛이 좋은 것은 삼키고 쓰면 뱉어요. **옳고 그름을 따지지 않고 오로지 자기에게 좋으면 잘해 주었다가 필요 없으면 모른 척하는 못된 심보를 뜻**해요.

정답 | 쓰면

닭 소 보듯, 소 [ㄷ] 보듯

소와 닭은 모습도 다르고 몸집도 달라서 서로 아무 관심도 없어요.
서로 아무런 관심도 없는 사이를 두고 하는 말이에요.

정답 | 닭

닭 잡아먹고 ㅇㄹㅂ 내민다

닭 잡아먹은 사람에게 잘못을 따졌더니 자기는 오리를 잡아먹었다며 시치미를 뗀다는 말로, **나쁜 짓을 하다 들키자, 꾀를 부려 잘못을 숨기려 한다는 말**이에요.

닭 쫓던 개 ㅈ ㅂ 쳐다보듯

개는 닭을 잡으려고 열심히 쫓아갔지만, 닭도 새라고
개가 도저히 잡을 수 없는 지붕으로 올라가 버렸어요.
열심히 하던 일이 헛수고가 되었을 때 쓰는 말이에요.

정답 | 지붕

ㄷㄱ 죽은 데는 안 가도 대감 말 죽은 데는 간다

대감이 살아 있을 때는 대감의 죽은 말까지 챙겨 가며 아부하지만, 권력이 없어지면 돌아보지 않는 세상인심을 비유적으로 이르는 말이에요.

대낮에 ㄷ ㄲ ㅂ 에 홀렸나

도깨비는 주로 밤에 나타나 사람들을 홀려요. 그런데 낮에 도깨비를 만난 것처럼 **도무지 이해할 수 없는 일이 생겼을 때 쓰는 말**이에요.

정답 | 도깨비

더운죽에 ㅎ 데기

더운죽에 혀를 대면 당연히 데이겠지요?
잘못될 게 뻔한 일을 하는 바람에
대단치 않은 일 가지고 낭패를 본다는 말이랍니다.

정답 | 혀

도둑을 맞으려면 ㄱ 도 안 짖는다

정말 도둑을 맞을 수밖에 없었던 날은,
낯선 사람을 보면 항상 짖던 개도 짖지 않아요.
운이 나쁘면 모든 일이 잘 안된다는 뜻이에요.

정답 | 개

095

도둑이 ㅈ ㅂ 저리다

잘못한 사람은 자기가 한 일이 들킬까 봐 온몸이 뻣뻣해지기도 해요. **죄를 지은 사람은 늘 조마조마해서 결국은 저도 모르게 죄를 드러낸다는 뜻**이에요.

정답 | 제 발

096

도랑* 치고 ㄱ ㅈ 잡는다

*도랑 : 매우 좁고 작은 개울.

개울물이 잘 흐르도록 깨끗이 치우는 것을 '도랑 친다.' 고 하는데,
도랑을 쳤더니 뜻하지 않게 가재가 잡혔다는 말로,
한 가지 일로 두 가지 이익을 얻을 때 쓰는 말이에요.

정답 | 가재

097

도토리 ㅋ 재기

비슷한 크기의 도토리를 재어 봤자, 거기서 거기라는 말로, **실력이 비슷한 사람끼리 서로 겨루는 모습을 뜻**해요.

정답 | 키

098

돌다리도 ㄷㄷㄱ 보고 건너라

단단한 돌다리도 무너질 수 있으니 두들겨서 확인해 보고 건너라는 말로, **아주 잘 아는 일도 조심해야 실수하지 않는다는 뜻**이에요.

정답 | 두들겨

동냥* 은 못 줘도 ㅉ ㅂ 은 깨지 마라

*동냥 : 거지가 돈을 달라고 비는 일.

거지에게 돈을 주진 못할망정 밥그릇은 깨지 말아야겠지요?
남을 도와주지 않을 거면 못된 짓은 하지 말라는 뜻이에요.

정답 | 쪽박

동에 번쩍 ㅅ 에 번쩍

순식간에 동쪽에서 나타났다, 서쪽에서 나타나요.
장소와 관계없이 빠르게 왔다 갔다 하는 것을 말해요.

정답 | 서

ㄷ ㅈ 에 진주 목걸이

돼지는 진주 목걸이가 얼마나 귀한 건지 몰라요.
가치를 모르는 사람에게는 아무리 값진 보물이라도
소용이 없다는 것을 뜻하는 말이에요.

정답 | 돼지

102

되로 주고 ㅁ로 받는다

'되' 는 곡식의 부피를 재는 단위로 약 1.8리터 정도예요. '말' 은 그 열 배랍니다. 나는 조금 주었는데 그 대가로 몇 배나 많이 받을 때 쓰는 말이에요.

정답 | 말

될성부른* 나무는 ㄸ ㅇ 부터 알아본다

*될성부르다 : 잘될 가망이 있어 보이다.

잘 자라는 좋은 나무는 싹이 트면서부터 알아볼 수 있다는 말로,
훌륭한 사람은 어려서부터 실력이 드러나고 잘될 가능성이 보인다는 뜻이에요.

정답 | 떡잎

둘이 먹다 하나 ㅈㅇㄷ 모르겠다

음식이 아주 맛있을 때 쓰는 말이에요.
두 사람이 음식을 먹다가 한 사람이
죽어도 모를 만큼 맛이 좋다는 뜻이랍니다.

정답 | 죽어도

든 사람은 몰라도 ㄴ 사람은 안다

같이 놀던 친구가 없으면 허전하듯이,
새로운 사람이 오는 것은 잘 몰라도, 함께 있던 사람이 나가면 그 빈자리는 곧 알아차릴 수 있다는 말이에요.

정답 | 난

106

듣기 좋은 이야기도 ㄴ 들으면 싫다

어떤 이야기도 처음 들을 때 가장 재미있어요. 자꾸 들으면 질리게 마련이죠. 이처럼 **아무리 좋은 일이라도 여러 번 되풀이되면 싫증이 난다는 뜻**이에요.

정답 | 늘

등잔* ㅁ 이 어둡다

*등잔 : 기름을 담아 등불을 켜는 데에 쓰는 그릇.

등잔의 불꽃은 위를 향하고 있어서 때문에 등잔 밑이 가장 어두워요. 이렇듯 **어떤 대상에서 가까이 있는 사람이 도리어 대상에 대해 잘 알기 어렵다는 말**이랍니다.

정답 | 밑

108

ㄸ 짚고 헤엄치기

물도 없는 땅에서 헤엄치는 게 뭐가 어렵겠어요?
아주 쉽게 할 수 있는 일을 가리켜 하는 말이에요.

정답 | 땅

떡 본 김에 ㅈㅅ 지낸다

아직 제삿날은 아니지만 제사에 필요한 떡이 생겼으니, 이참에 제사를 지낸다는 말로, **우연히 좋은 기회가 생겨서 하려고 했던 일을 해치운다는 말**이에요.

정답 | 제사

떡 줄 사람은 꿈도 안 꾸는데 ㄱㅊㄱ 부터 마신다

떡 가진 사람은 줄 생각도 안 하는데 목마를까 봐 김칫국 먼저 마신다는 말로, **뭔가를 해 줄 사람은 그럴 마음이 없는데 다 된 일인 것처럼 성급히 행동한다는 뜻**이에요.

정답 | 김칫국

ㄸ 묻은 개가 겨* 묻은 개 나무란다

*겨 : 벼, 보리, 조 따위의 곡식 껍질을 통틀어 이르는 말.

똥 묻은 개가 겨 묻은 개에게 지저분하다고 손가락질해요. 자기는 더 큰 흉이 있으면서 남이 가진 작은 흉을 가지고 욕하는 사람을 보고 하는 말이에요.

정답 | 똥

똥이 무서워 피하나 ㄷㄹㅇ 피하지

똥은 가까이 가기만 해도 냄새가 나고 더러워 피하게 돼요.
나쁜 사람을 피하는 것은 무서워서가 아니라
상대할 가치가 없어서 피한다는 말이에요.

정답 | 더러워

뚝배기보다 ㅈ ㅁ 이 좋다

뚝배기는 검고 투박하게 생긴 그릇이에요. 하지만 그런 뚝배기에 끓인 된장찌개는 참 맛있죠. 이 말은 **겉모습은 곱지 않지만, 그 안에 담긴 내용은 훌륭하다는 뜻**이에요.

정답 | 장맛

뛰는 놈 위에 ㄴ ㄴ 놈 있다

아무리 땅에서 빠른 동물도 나는 새를 이길 순 없어요.
대단한 재주가 있어도 그보다 더 뛰어난 사람도 있으니
잘난 척해서는 안 된다는 말이랍니다.

정답 | 나는

뛰어야 

벼룩은 몸집이 너무 작아서 아무리 열심히 뛰어 봤자 멀리 갈 수 없어요. 이처럼 **달아나려고 해도 벗어날 수 없을 때 쓰는 말**이에요.

정답 | **벼룩**

116

마른하늘*에 ㄴ ㅂ ㄹ

*마른하늘 : 맑은 하늘.

비도 안 오는 쨍쨍한 하늘에서 별안간 벼락이 치는 것처럼,
뜻하지 않은 상황에서 입는
뜻밖의 재난을 이르는 말이에요.

정답 | 날벼락

마파람*에
게 ㄴ 감추듯

*마파람 : 남쪽에서 부는 바람.

남풍은 보통 비를 몰고 오는데 게들은 겁이 많아
비바람이 불면 눈을 쏙 감추죠. 이 속도만큼이나
음식을 빠르게 먹을 때 하는 말이에요.

정답 | 눈

말 안 하면 ㄱ ㅅ 도 모른다

생각을 말로 하지 않으면 아무도 알 수 없어요.
마음속으로만 애태울 것이 아니라
시원하게 할 말은 해야 한다는 뜻이에요

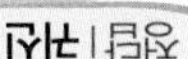

ㅁ 한마디에 천 냥 빚도 갚는다

말을 잘하면 돈을 빌려 준 사람의 마음도 움직일 수 있어요.
말을 공손하고 조리 있게 잘하면, 어려운 일도 말로써 해결할 수 있다는 뜻이에요.

정답 | 말

말은 나면 제주도로 보내고 사람은 나면 ㅅ ㅇ 로 보내라

망아지는 말의 고장인 제주도에서 기르고, 사람은 서울에서 공부시켜야 잘된다는 말로, **번성한 곳에서 교육해야 큰 인물이 된다는 뜻**이에요.

정답 | 서울

매도 ㅁㅈ 맞는 것이 낫다

어차피 맞아야 할 매라면 마음 졸이며 기다리는 것보다 얼른 맞고 끝내는 게 낫듯이, 이왕 겪어야 할 일이라면 어렵거나 힘들더라도 빨리 겪는 것이 낫다는 뜻이에요.

정답 | 먼저

122

먹기는 아귀같이 먹고 일은 ㅈㅅ 같이 한다

아귀는 아무리 먹어도 배고픈 귀신이고, 장승은 꼼짝 않고 서 있는 마을 입구의 푯말이에요. **먹는 것은 귀신같이 밝히면서 일할 때는 발빼하는 사람을 이를 때** 써요.

정답 | 장승

먹을 ㄱㄲㅇ 하면 검어진다

먹은 글씨를 쓰거나 그림을 그릴 때 사용하는 검은 물감이에요. 먹을 만지면 손이 검게 물들 듯, **나쁜 사람 옆에 있으면 그 사람의 영향을 받아 닮게 된다는 뜻**이에요.

정답 | 가까이

124

먹을 때는 ㄱ 도 안 때린다

밥을 먹을 때는 하찮은 짐승이라도 때리지 않아요. 이처럼 음식을 먹고 있을 때는 **아무리 잘못한 일이 있어도 꾸짖거나 혼내지 말아야 한다는 말**이에요.

정답 | 개

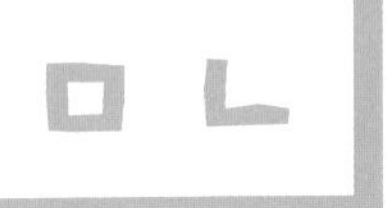

돌이 정* 맞는다

*정 : 돌을 다듬을 때 쓰는 도구.

툭 튀어나온 돌이 눈에 잘 띄어 먼저 깎이듯,
능력이 뛰어나거나 특이해서 남의 눈에 띄는 사람은 미움을 받는다는 뜻이에요.

126

모* 로 가도 ㅅㅇ 만 가면 된다

*모 : 비껴서, 대각선으로.

모로 가나 기어가나 서울에만 가면 돼요.
이 말은 **어떤 방법으로든 목적만 이루면 된다는 뜻**으로 사용해요.

ㅁㄱㅁ이 포도청*

*포도청 : 옛날에 죄지은 사람을 벌주던 곳.

사람은 배고프면 어떤 나쁜 일도 할 수밖에 없다는 뜻으로 쓰는 말이에요.

정답 | 목구멍

목마른 사람이 ㅇㅁ을 판다

물이 가장 먹고 싶은 사람이 먼저 나서서 물을 찾는 것처럼, **제일 급하고 일이 필요한 사람이 서둘러 그 일을 하게 되어 있다는 말**이에요.

정답 | 우물

ㅁ ㅁ ㄴ 감 찔러나 본다

내가 먹을 수 없는 감이라면 다른 사람도 못 먹게 찔러 놓는다는 거예요. **내 것으로 만들지 못할 바에야 남도 갖지 못하게 일부러 망가뜨리는 못된 마음을 뜻하는 말**이에요.

정답 | 못 먹는

못된 송아지 엉덩이에 ㅃ 이 난다

머리에 나야 하는 뿔이 엉덩이에서 나다니요?
못되면 아주 당연한 이치도 엇나간다는 말로
못된 사람이 못된 짓만 할 때 쓰는 말이에요.

정답 | 뿔

131

무소식*이 ㅎㅅㅅ

*무(없을 無)소식 : 소식이 없음.

'희소식' 이란 기쁜 소식을 말해요. 사람들은 잘 지내고 있으면 연락이 없지만, 큰일이 생기면 연락해요. 소식이 없는 것은 일이 잘되고 있다는 뜻이니 기쁜 소식과 같다는 말이에요.

정답 | 희소식

ㅁ 자식 상팔자*

*상팔자 : 좋은 팔자.

자식이 많은 부모는 걱정할 일이 너무 많은데
자식이 없는 사람은 걱정할 일이 없어
마음이 편안하고 좋은 팔자라는 뜻이에요.

ㅁ 밖에 난 고기

물 밖으로 나온 고기는 헤엄칠 수도 없고 숨도 쉴 수 없어요.
자기 능력을 제대로 쓸 수 없는 어려운 상황이 되었을 때 쓰는 말이에요.

정답 | 물

물고기도 제 ㄴ ㄷ 물이 좋다 한다

물고기조차도 자기가 태어나서 자란 곳을 못 잊어 해요.
모르는 곳에 가면 괜히 무섭고 걱정이 되듯이,
자신에게 익숙한 장소가 더 좋다는 뜻이지요.

물에 빠지면 ㅈ ㅍ ㄹ ㄱ 라도 잡는다

물에 빠지면 살기 위해서 뭐라도 잡으려고 해요.
아주 위험하거나 급한 일이 생기면 별 도움이 되지 않는 것이라도 일단 기댄다는 뜻이에요.

정답 | 지푸라기

물에 빠진 놈 건져 놓으니까 내 ㅂ ㄸ ㄹ 내라 한다

물에 빠진 사람을 건져 주니까 밖에 나와서는 자기 짐을 내놓으라고 떼쓴다는 말로, **은혜를 입고도 고마워할 줄 모르고 오히려 뻔뻔하게 군다는 뜻**이에요.

정답 | 보따리

137

물은 건너 보아야 알고 사람은 ㅈㄴ 보아야 안다

물이 깊고 얕은지는 건너 보아야 알 수 있어요. **사람의 겉모습만으로는 그 속이 어떤지 알 수 없기 때문에 곁에서 오래 겪어 보아야 알 수 있다는 뜻**이에요.

정답 | 지내

미꾸라지 한 마리가 온 웅덩이를 ㅎ ㄹ ㄷ

미꾸라지는 종종 진흙으로 들어가느라 요동을 쳐요. 그럼 맑은 물도 금세 흐려지지요. 이처럼 **한 사람의 나쁜 행동이 여러 사람에게 안 좋은 영향을 미칠 때 쓰는 말**이에요.

정답 | 흐린다

미운 놈 ㄸ 하나 더 준다

미워하는 사람에게 마음을 얻어야 나중에 걱정할 일이 줄어요.
미워하는 사람일수록 더 잘해 주면서 나쁜 마음을 버려야 한다는 뜻이에요.

정답 | 떡

ㅁ ㄴ 도끼에 발등 찍힌다

늘 사용하는 도끼라도 잘못하면 발등을 찍히고 말아요.
잘될 거라고 생각했던 일이 실패하거나,
믿었던 사람이 배신할 때 쓰는 말이에요.

정답 | 믿는

141

밀가루 장사 하면 바람이 불고 소금 장사 하면 ㅂ 가 온다

밀가루 장사를 하면 바람이 불어 밀가루가 날아가고,
소금 장사를 하면 비가 와서 소금이 다 녹아요.
어떤 일을 할 때마다 일이 뒤틀릴 때 쓰는 말이에요.

정답 | 비

142

밑 빠진 독*에  붓기

*독 : 간장, 술, 김치 등을 담을 때 쓰는 큰 그릇.

아랫부분이 깨진 독에는 아무리 물을 부어도 다 새어 나가요.
열심히 노력해도 이룬 게 없을 때 쓰는 말이에요.

정답 | 물

밑져*야 ㅂ ㅈ

*밑지다 : 손해를 보다.

'본전' 은 '원래의 돈' 과 같은 의미로, 손해를 보더라도 본전이나 마찬가지니, **한번 해 보아야 한다는 말**로 써요.

정답 | 본전

바늘 가는 데 ㅅ 간다

바느질을 하려면 반드시 바늘과 실이 같이 필요해요.
서로 꼭 붙어 다니는 가까운 사이를 이르는 말이에요.

정답 | 실

바늘 도둑이 ㅅ 도둑 된다

처음엔 작은 바늘만 훔치던 도둑이 나중에는 큰 소까지 훔친다는 말로, 나쁜 행동을 자꾸 하면 나중에는 더 큰 죄를 저지르게 된다는 뜻이에요.

정답 | 소

바다는 메워도 사람의 ㅇㅅ은 못 채운다

바다는 흙을 채워 메울 수 있지만, 사람의 욕심은 무엇으로도 채울 수 없다는 말이에요. **사람은 끊임없이 무엇을 탐내거나 누리고자 한다는 뜻**이에요.

정답 | 욕심

ㅂ ㄹ 이 불어야 배가 가지

돛단배는 바람이 불어야 앞으로 갈 수 있어요.
어떤 일을 하려고 해도 기회나 경우가 맞아야 제대로 이룰 수 있다는 뜻이에요.

정답 | 바람

148

ㅂㅇ를 차면 제 발부리*만 아프다

*발부리 : 발끝의 뾰족한 부분.

화를 참지 못해 바위를 차면 어떨까요? 발만 아프겠지요?
순간적으로 화가 나서 일을 저지르면 결국 자기만 손해 본다는 것을 이르는 말이에요.

정답 | 바위

받아 놓은 ㅂㅅ

밥은 먹기 싫은데 이미 밥상은 받아 놓았어요.
이러지도 못하고 저러지도 못하는 상황이나 처지가 되었을 때 쓰는 말이에요.

정답 | 밥상

ㅂ 없는 말이 천 리 간다

내 친구의 옆집 사는
누나의 앞집 사는 애의 사촌의
누나의 친구가 그러는데
너 어제 내 욕했다며?

헉, 그걸
어떻게 알았지?

발 없는 말이란 동물이 아니라 사람들끼리 주고받는 이야기를 뜻해요. **말은 아주 멀리까지 순식간에 퍼지므로 항상 말조심해야 한다는 뜻**이에요.

정답 | 발

ㅂ ㄱ 뀐 사람이 성낸다*

*성내다 : 노여워하다.

자기가 방귀를 뀌어 놓고 냄새가 난다며 화를 내고 큰소리를 쳐요. 잘못을 저지른 사람이 오히려 남에게 화내는 것을 비꼬며 하는 말이에요.

정답 | 방귀

152

배보다 [ㅂ ㄲ]이 더 크다

기본이 되는 것보다 덧붙는 것이 더 많거나 클 때 써요.
밥 먹는 양보다 간식이 더 많을 때, 내 용돈보다
쓴 돈이 더 많을 때 종종 쓰지요.

정답 | 배꼽

ㅂㅂㄹ 고양이는 쥐를 잡지 않는다

이미 배가 부른 고양이는 쥐를 잡지 않듯이,
배고프고 가난한 사람들은 열심히 일하지만,
돈이 많은 부자는 게으르다는 말을 할 때 써요.

ㅂㅂㄹ 상전*이 하인 밥 못하게 한다

*상전 : 옛날에, 종의 주인을 이르던 말.

배부른 상전은 하인들이 밥을 먹었는지 굶었는지 관심이 없어요. 이처럼 **고생해 보지 않은 사람은 다른 사람의 어려운 처지을 모른다는 뜻**이에요.

백 번 듣는 것보다 한 번 ㅂ ㄴ 것이 낫다

경험하지 못한 것에 대해서는 백 번 듣는 것보다 한 번 보는 것이 더 나아요. **여러 번 듣기만 하는 것보다 직접 경험하는 것이 정확하다는 뜻**이에요.

정답 | 보는

백지장* 도  낫다

*백지장 : 하얀 종이 한 장.

아주 작은 일도 서로
도우면 더 잘할 수 있다는 뜻이에요.

뱁새가 황새를 따라가면 ㄷ ㄹ 가 찢어진다

뱁새가 몸집이 열 배는 더 큰 황새를 따라가기란 힘든 일이에요. **자기에게 맞지 않는 일을 따라 하면 어려움에 빠진다는 뜻**으로 쓰여요.

정답 | 다리

ㅂㄱㅂ 에 콩 볶아 먹겠다

잠깐동안 번쩍 하는 번갯불에도 콩을 볶아 먹을 만큼,
성격이 급해서 일을 빨리 해치우려는
조급한 모습을 말할 때 써요.

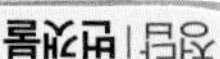

ㅂ ㅇ ㄹ 냉가슴* 앓듯

*냉가슴 : 혼자서 속으로만 끙끙대고 걱정하는 것.

말을 할 수 없어서 답답한 벙어리처럼, **하고 싶은 말이나 답답한 마음을 남에게 시원하게 말하지 못하고 끙끙 앓는 모습**을 말해요.

벼는 익을수록 고개를 ㅅ ㅇ ㄷ

벼는 그 알맹이가 여물면 무거워져서 윗부분이 고개를 숙여요. 이처럼 **훌륭한 사람일수록 남 앞에서 자기를 내세우려 하지 않고 오히려 겸손하다는 것을 이르는 말**이에요.

정답 | 숙인다

ㅂ ㄹ 도 낯짝*이 있다

*낯짝 : 얼굴을 속되게 이르는 말.

아주 작은 벼룩조차도 들 얼굴이 있는데, 하물며 사람이 떳떳지 못해 얼굴도 못 들어서야 하겠느냐는 말이에요. **뻔뻔하고 부끄러움을 모르는 사람을 꾸짖을 때** 써요.

정답 | 벼룩

벼룩의  빼먹기

벼룩은 몸집이 작은 만큼이나 간도 작아요. 그런데 이런 벼룩의 간을 빼려고 한다는 것은, **아주 작은 것까지 탐내는 매우 욕심 많은 사람을 보고 하는 말**이에요.

정답 | 간

병 주고 [ㅇ] 준다

자기가 피해를 입혀 놓고 어루만지거나 약을 주며 도와주는 체하듯, **꾀 많고 고약한 사람의 행동을 이를 때 쓰는 말**이에요.

정답 | 약

ㅂ ㄱ 좋은 떡이 먹기도 좋다

예쁘게 담아 놓은 음식은 참 먹음직스러워 보이지요.
겉모양이 예쁘고 멋지면, 속도 알차고 좋다는 말로써
겉모양새를 잘 꾸미는 것도 중요하다는 뜻이에요.

정답 | 보기

볶은 콩에  이 날까

불에다 볶은 콩에서 싹이 틀 리 없듯이,
절대 일어날 수 없는 일을 뜻하는 말이에요.

정답 | 싹

부뚜막*의 ㅅ ㄱ 도 집어넣어야 짜다

*부뚜막 : 아궁이 위에 솥을 걸어 놓는 언저리.

가까이에 있는 소금도 넣지 않으면 음식의 간을 맞출 수 없어요.
아무리 쉬운 일이라도 힘들여 하지 않으면 소용이 없다는 뜻이에요.

167

불난 집에 ㅂㅊㅈ 한다

불이 난 곳에 부채질을 하면 더 활활 타올라요. **다른 사람이 어려움을 겪을 때 도와주기는커녕 더 어렵게 하거나 화나게 한다는 뜻**으로 이 말을 써요.

정답 | 부채질

168

ㅂ 온 뒤에 땅이 굳어진다

비가 와서 질척거리던 땅은 마르고 나면 더 단단해져요.
이처럼 **어떤 어려운 일을 겪고 나면 그것이 바탕이 되어 더 강해진다는 뜻**으로 써요.

정답 | 비

비를 드니까 ㅁ ㄷ 을 쓸라 한다

모처럼 좋은 마음으로 청소하려는데 누군가 마당을 쓸라고 잔소리하면 기분이 어떨까요? **스스로 일을 하려는 사람에게 간섭해서 기분을 망쳐 놓을 때 쓰는 말**이에요.

정답 | 마당

ㅂ 수레가 요란하다

물건을 싣지 않은 수레는 가벼워서 굴러가는 소리가 커요. 그에 반해 가득 찬 수레는 조용하죠. **별로 아는 것도 없는 사람이 겉으로만 요란하게 떠들어 대는 것**을 말해요.

정답 | 빈

ㅂ 좋은 개살구

개살구는 아주 먹음직스러워 보이지만 맛은 없어요.
이처럼 **겉만 번지르르하고 실속은 없는 것을 이를 때 쓰는 말**이에요.

정답 | 빛

뻐꾸기도 유월이 ㅎㅊ 이라

뻐꾸기는 음력 유월에 한창 바쁘게 움직여요. 누구나 전성기가 있게 마련이지만, 그 **전성기는 매우 짧으니 때를 놓치지 말라는 뜻**이에요.

정답 | 한철

ㅃ ㄹ 깊은 나무 가뭄 안 탄다

땅속 깊이 뿌리 내린 나무는 가뭄에도 말라 죽지 않아요.

무엇이나 기본이 튼튼하면
어떤 어려운 일도 견뎌 낼 수 있다는 뜻이에요.

정답 | 뿌리

사공이 ㅁㅇㅁ 배가 산으로 올라간다

사공이 많으면 저마다 가고 싶은 방향으로 노를 젓는 바람에 배가 이상한 곳으로 가요. **이래라저래라 하는 사람이 많으면 일이 제대로 안된다는 뜻**이에요.

정답 | 많으면

ㅅ ㄹ 나고 돈 났지 돈 나고 ㅅ ㄹ 났나

돈은 사람이 필요해서 만든 것일 뿐이에요. 아무리 돈이 귀중하다 해도 사람보다 귀중할 수는 없어요. **돈을 최고로 여기는 사람들을 나무랄 때 쓰는 말**이에요.

176

사람 ㅇ 에 사람 없고 사람 ㅁ 에 사람 없다

사람은 누구나 소중해요. 누가 더 잘나고 못난 것 없이 모두 똑같지요. **사람이라면 누구나 태어날 때부터 권리나 의무가 평등하다는 뜻**이에요.

정답 | 위, 밑

사촌이 땅을 사면 배가 ㅇ ㅍ ㄷ

앗싸!
땅 샀다!
통행비 내시지?

아이고, 배야!

부러워!
저 땅 내가
샀어야 했는데…

사촌이 땅을 사면 부러운 마음에 멀쩡하던 배가 아파요.
다른 사람이 잘되었다고 축하는커녕
질투하는 못된 마음을 뜻해요.

정답 | 아프다

178

산 넘어 ㅅ 이다

힘들게 산을 넘었는데 또 넘어가야 할 산이 있으면 어떻겠어요?
갈수록 고생이 심해진다는 뜻이에요.

정답 | 산

산 사람 입에 ㄱ ㅁ ㅈ 치랴

살아 있는 사람이면 무슨 일을 해서든 먹고살 궁리를 할 거예요. **아무리 가난하고 어려워도 살 방법은 있다는 뜻**이에요.

정답 | 거미줄

새 발의 ㅍ

새의 발은 아주 작고 가늘어서 피가 나도 아주 조금 나와요.
이렇듯 **아주 하찮은 일이나 매우 적은 양을 뜻할 때 쓰는 말**이에요.

정답 | 피

181

ㅅ ㄷ 개 삼 년에 풍월* 을 읊는다

*풍월 : 우연히 들어서 안 짧은 지식.

서당에서 매일 글 읽는 소리를 듣다 보면 개조차도 글 읽는 소리를 낸다는 뜻으로, 어느 한 곳에 오래 있으면 웬만큼 지식과 경험을 쌓게 된다는 말이에요.

정답 | 서당

182

서울에서  서방 찾기

넓은 서울에서 주소도 이름도 모른 채, 우리나라 성씨 중에 가장 많다는 김 서방을 찾는다는 말로, 아무것도 모른 채 사람을 찾으려고 할 때 쓰는 말이에요.

정답 | 김

[ㅅ ㅁ]가 사람 잡는다

"에이, 설마 그러기야 하겠어?" 하고 마음을 놓으면 꼭 문제가 생겨요. **뜻밖의 행운을 바랄 것이 아니라, 있을 수 있는 모든 일을 준비해 놓아야 한다는 뜻**이에요.

정답 | 설마

섶*을 지고 ㅂ 로 들어가려 한다

*섶 : 불을 지필 때 쓰는 땔감.

불이 잘 붙는 섶을 등에 지고 불로 들어가는 것처럼 위험한 일이 또 있을까요? **아주 위험한 일을 무턱대고 하려고 할 때 쓰는 말**이에요.

정답 | 불

세 살 먹은 아이 말도 ㄱ ㄷ ㅇ 들으랬다

아주 어린 아이가 하는 말도 잘 들어 보면 맞는 말일 수 있으니 흘려들어서는 안 돼요. **남이 하는 말을 소중하게 들어야 한다는 뜻**이에요.

정답 | 귀담아

186

세 살 ㅂ ㄹ 여든까지 간다

어릴 때 생긴 버릇은 나이가 들어도 쉽게 고칠 수 없어요.
그러니 어려서부터 나쁜 습관이 들지 않도록
잘 가르쳐야 한다는 뜻이에요.

정답 | 버릇

소 뒷걸음질 치다

ㅈ 잡기

소가 뒷걸음치다가 우연히 거슬리던 쥐를 잡게 되는 것처럼, **우연히 한 일이 잘되었을 때 쓰는 말**이랍니다.

정답 | 쥐

소 ㅇㄱ 외양간 고친다

소를 잃고 나서야 뒤늦게 외양간을 고쳐도, 사라진 소는 나타나지 않아요. **일을 망친 다음에 나서는 것은 소용이 없다는 뜻**이에요.

정답 | 잃고

소도 ㅇ ㄷ이 있어야 비빈다

덩치 큰 소도 언덕이 있어야 가려운 곳을 비빌 수 있어요.
도움 받을 곳이 있어야 일을 시작하거나 이룰 수 있다는 뜻이에요.

소문난 잔치에 ㅁㅇ 것 없다

떠들썩한 소문이나 큰 기대에 차서 간 잔치가 생각보다 별로라면 실망이 크겠지요? **알려진 소문과 다르게 볼품없거나 초라할 때 쓰는 말**이에요.

정답 | 먹을

191

 안 대고 코 풀기

코를 풀려면 손으로 코를 잡아야 해요. 그런데 손조차 쓰지 않고 코를 푼다는 것은, 전혀 힘들이지 않고 아주 쉽게 일을 해치운다는 뜻이에요.

정답 | 손

손뼉이 맞아야 ㅅ ㄹ 가 난다

두 손바닥이 부딪혀야 "짝!" 소리가 나요.
무슨 일이든 서로 생각이 맞아야 잘할 수 있다는 뜻이에요.

정답 | 소리

송충이는 ㅅㅇ을 먹어야 한다

분수에 맞지 않는 짓을 했다가 난처해질 수 있으니, **자신의 처지에 맞는 행동을 해야 한다는 뜻**이에요.

정답 | 솔잎

ㅅ ㄱ (소의 귀)에 경* 읽기

*경 : 옛 지식인들이 유교의 사상을 써 놓은 책.

소의 귀에 대고 좋은 가르침을 읊어 봤자 소는 하나도 알아듣지 못해요. 이처럼 **아무리 가르치고 일러 주어도 소용이 없다는 뜻으로 쓰는 말**이에요.

정답 | 쇠귀

쇠뿔(소의 뿔)도 ㄷ ㄱ 에 빼랬다

쇠뿔을 뽑을 때는 불에 달구어 적당히 뜨거워졌을 때 재빨리 빼내야 해요. 이처럼 **무엇을 하려고 마음먹었으면 곧바로 해야 한다는 말**이에요.

정답 | 단김

196

수박 

수박을 쪼개지 않고 껍질만 핥으면 수박의 참맛을 전혀 느낄 수 없겠죠? 이처럼 **어떤 것에 관해 속 내용은 모르고 겉만 건드리는 일**을 뜻해요.

정답 | 겉 핥기

숭어가 뛰니까 ㅁ ㄷ ㅇ 도 뛴다

망둥이도 잘 뛰어오르지만, 힘이 센 숭어에는 미치지 못해요.
나의 처지는 생각하지 않고 남이 하니까 그냥 따라서 하는 어리석은 행동을 말해요.

정답 | 망둥이

198

쉽기가 손바닥 ㄷㅈㄱ 다

지금 한번 손바닥을 뒤집어 봐요. 누구든 할 수 있을 만큼 쉽죠?
매우 손쉽게 할 수 있는 일을 뜻하는 말이에요.

정답 | 뒤집기

시작이 ㅂ 이다

무엇이든 처음 시작하는 것이 어려워요. 그래서 시작을 했다면 이미 반은 한 것과 같다고 보는 거죠. **일단 일을 시작하고 나면 끝내는 것은 어렵지 않다는 뜻**이에요.

정답 | 반

ㅅ ㅈ 이 반찬

'시장하다' 는 말은 배가 고프다는 뜻이에요. **배고플 때는 비록 반찬이 없어도 밥이 맛있다는 것을 이르는 말**이에요.

정답 | 시장

201

ㅅ ㅇ 죽 먹기

뜨거운 죽은 후후 불어 가며 먹어야 하지만,
식은 죽은 쉽게 먹을 수 있어요. 식은 죽을 먹듯
매우 하기 쉬운 일이라는 뜻이에요.

정답 | 식은

202

ㅅㅅ 놀음에 도낏자루 썩는 줄 모른다

옛날에 나무꾼이 신선 노는 것을 구경하다가 도낏자루가 썩을 정도로 세월이 흐른 줄 몰랐다는 데서 나온 말이에요. **재미있는 일에 정신이 팔려서 시간 가는 줄 모를 때** 써요.

정답 | 신선

십 년이면 ㄱ ㅅ 도 변한다

항상 그 자리에 있어 변하지 않을 것 같던 강과 산도
십 년이 지나면 그 모습이 변해요.
시간이 지나면 모든 것이 다 변한다는 뜻이에요.

싸움은 말리고 ㅂ 은 끄랬다

싸움도 불이 나는 것도 좋지 않은 일이에요.
나쁜 일은 더 커지기 전에 빨리 멈춰야 한다는 뜻이에요.

정답 | 불

205

싼 것이 ㅂ ㅈ ㄸ

비지떡은 두부를 만들고 남은 찌꺼기로 만든 떡이에요.
물건값이 싸면 품질이 나쁘다는 뜻이에요.

정답 | 비지떡

ㅆ ㅇ 도 준치

준치는 아주 맛이 좋은 생선으로, 썩어도 그 진가를 간직하고 있다는 데서 유래한 말이에요. **본래 좋고 훌륭한 것은 그 성질이 잘 변하지 않는다는 뜻**으로 써요.

정답 | 썩어

ㅇ ㄴ 것이 병

이 속담에서 '아는 것'이란 '어설프게 아는 것'과 '몰라도 되는 것'을 말해요. **정확하지 않거나 나와 상관없는 일들은 알아도 좋을 게 없다는 뜻**이에요.

정답 | 아는

208

아는 길도 ㅁ ㅇ 가라

아는 길도 물어서 갈 정도로 조심하라는 말이에요.

아무리 나에게 쉬운 일이라도 여러 번 생각하여 단단히 준비하라는 말이에요.

정답 | 물어

아니 땐 굴뚝에 ㅇ ㄱ 나랴

불을 때지 않았는데 굴뚝에서 연기가 날 리 없겠지요?
사건은 반드시 어떤 일이 있었기 때문에 일어난다는 뜻이에요.

정답 | 연기

아랫돌 빼서 윗돌 괴고*
윗돌 빼서 ㅇ ㄹ ㄷ 괴기

*괴다 : 기울어지거나 쓰러지지 않도록 아래를 받치다.

담을 쌓다가 마무리가 덜 되었다고 아랫돌을 빼서 윗돌에 괴면, 잠깐은 괜찮아도 이내 무너지고 말아요. 이처럼 **임시로 이리저리 둘러맞추어 일하는 것**을 말해요.

정답 | 아랫돌

아이 보는 데는 ㅊ ㅁ 도 못 먹는다

아이들은 어른이 하는 행동을 그대로 따라 해요.
그러니, 아이들이 볼 때는 함부로 행동하거나 말하는 것을 조심하라는 뜻이에요.

정답 | 찬물

아이 싸움이 ㅇ ㄹ 싸움 된다

아이들의 다툼이 나중에는 그 부모들의 싸움으로 변한다는 말로, **사소한 일이 점차 큰일로 번진다는 뜻**이에요.

정답 | 어른

ㅇ ㄷ 이 빠진 것 같다

밤낮으로 괴롭던 아픈 이를 빼고 나면 아주 시원하겠죠? 이처럼 **골치 아픈 걱정거리가 없어져서 속이 후련하다는 뜻**이에요.

정답 | 앓던

ㅇㅂ에 감초*

*감초 : 예로부터 한약방이라면 꼭 있던 약초.

한약방에 가면 반드시 감초가 있어요.
어떤 일에든 빠짐없이 꼭 끼어드는 사람이나 물건을 말해요.

정답 | 약방

ㅇㅈㅎ 고양이 부뚜막에 먼저 올라간다

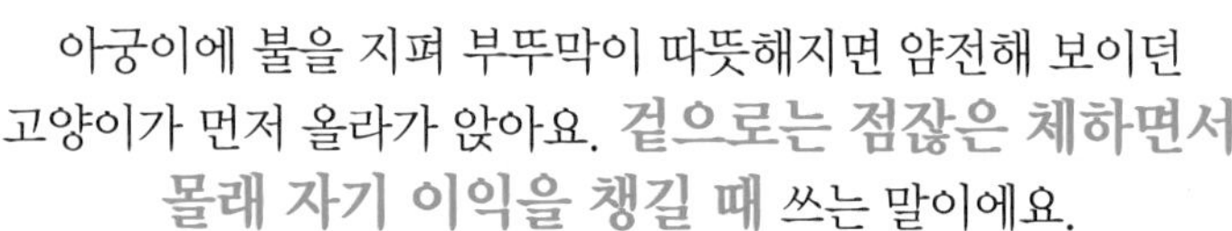

아궁이에 불을 지펴 부뚜막이 따뜻해지면 얌전해 보이던 고양이가 먼저 올라가 앉아요. **겉으로는 점잖은 체하면서 몰래 자기 이익을 챙길 때** 쓰는 말이에요.

216

ㅇ ㄹ 말을 들으면 자다가도 떡이 생긴다

어른은 경험이 많고 아는 것도 많아서, **어른이 시키는 대로 하면 실수가 적고 좋은 일이 생긴다는 뜻**이에요.

정답 | 어른

어물전* ㅁㅅ 은 꼴뚜기가 시킨다

*어물전 : 생선, 김, 미역 등을 파는 가게.

생선가게에 있는 많은 생선 중에 가장 못생긴 꼴뚜기 때문에 다른 생선까지 망신을 당해요. **못난 사람일수록 같이 있는 사람까지 망신시킨다는 뜻**이에요.

218

언 발에 ㅇ ㅈ 누기

언 발에 오줌을 누면 잠깐은 따뜻하지만, 곧 오줌이 얼어서 발이 더 시려요. 이처럼 **어려운 일을 간단히 해결하려다가 상황이 더 어려워질 때 쓰는 말**이에요.

정답 | 오줌

열 길 물속은 알아도 한 길 사람 ㅅ 은 모른다

한 길은 약 300cm예요. 아무리 깊은 물이라도 그 깊이를 잴 수 있지만, **한 길도 안 되는 사람의 마음은 알기 어렵다는 말**이에요.

정답 | 속

열 번 찍어 아니 넘어가는 ㄴ ㅁ 없다

아무리 큰 나무도 여러 번 도끼질하면 넘어가듯이,
뜻이 굳은 사람이라도 여러 번 권하고 달래면 결국 마음이 변한다는 말이에요.

열 손가락 깨물어 ㅇㅇㅍ 손가락 없다

열 손가락 중 어느 하나도 깨물어서 아프지 않은 손가락이 없듯이, **부모는 자식이 많아도 전부 소중하게 여긴다는 말**이에요.

오뉴월* 감기는 ㄱ 도 아니 앓는다

*오뉴월 : 음력 6월, 7월로 한여름.

더운 여름에 감기 걸린 사람을
보고 변변치 못하다고 놀릴 때 쓰는 말이에요.

정답 | 개

ㅇ ㄹ ㅈ 못할 나무는 쳐다보지도 마라

내 능력으로 올라갈 수 없는 나무라면 보지도 말라는 말은,
자기가 해낼 수 없는 일은 처음부터 욕심을 내지 않는 것이 좋다는 뜻이에요.

정답 | 오르지

옥에 ㅌ

반질반질하게 잘 다듬어 놓은 옥에도 작은 흠(=티)이 있기 마련이에요. **훌륭한 사람이나 물건에 있는 사소한 단점을 말할 때** 쓴답니다.

정답 | 티

옷이 ㄴ ㄱ 라

좋은 옷을 입으면 날개가 없던 사람도 날개가 있는 것처럼 멋있어 보여요. 이처럼 **옷이 좋으면 그 사람이 돋보이고 멋있어 보인다는 말**이에요.

226

용의 꼬리보다 뱀의 ㅁ ㄹ 가 낫다

용의 꼬리가 되어 뒤꽁무니를 쫓는 것보다 뱀의 머리가 되어 앞장서는 것이 낫다는 말로, 작은 모임이라도 그곳의 우두머리가 되는 것이 좋다는 말이에요.

정답 | 머리

우는 아이 ㅈ 준다

아기는 우는 것으로 배고픔을 표현해요.
원하는 것이 있을 때 말하지 않으면 아무도 몰라요.
먼저 나서서 이야기해야 얻을 수 있다는 말이에요.

정답 | 젖

228

우물 안 

우물 안에서 태어나고 자란 개구리에게 하늘은 우물의 크기만큼 작아요. 이처럼 **넓은 세상의 형편에 대해 잘 모르는 사람을 놀리며 하는 말**이에요.

정답 | 개구리

우물가에 ○ 보낸 것 같다

어린아이가 우물가 근처에 있으면 언제 우물에 빠질지 몰라 불안하겠죠? 이처럼 **몹시 걱정되어 마음이 놓이지 않는 상태를 뜻하는 말**이에요.

정답 | 애

ㅇㅁ에 가서 숭늉* 찾는다

*숭늉 : 밥을 지은 솥에서 밥을 푼 뒤에 물을 붓고 데운 물.

우물에서 물을 길어다가 밥을 지은 후에야 숭늉을 만들 수 있어요.
모든 일에는 질서와 차례가 있는데 성격이 급하여 터무니없이 재촉하고 덤빈다는 뜻이에요.

정답 | 우물

우물을 파도 ㅎ 우물을 파라

여러 구덩이를 이리저리 파다 보면 우물을 하나도 완성할 수 없어요. 이것저것 여러 일을 하는 것보다 한 가지를 꾸준히 하면 성공한다는 뜻이에요.

정답 | 한

232

울며 ㄱㅈ 먹기

매운 줄 알면서도 겨자를 먹는다는 말로,
하기 싫은 일을 어쩔 수 없이 하게 될 때 쓰는 말이에요.

정답 | 겨자

ㅇ ㄴ 낯에 침 못 뱉는다

웃는 얼굴로 대하는 사람에게 침을 뱉을 수 없다는 뜻으로, **좋게 대하는 사람에게 못되게 굴 수 없다는 말**이에요.

정답 | 웃는

원수* 는 ㅇ ㄴ ㅁ 다리에서 만난다

*원수 : 나에게 해를 끼친 사람.

통나무 하나로만 만들어진 다리 위에서는 다른 곳으로 피할 수 없어요. **싫어하는 사람을 하필이면 피할 수 없는 곳에서 만나게 됐을 때** 쓰는 말이에요.

원숭이도 [ㄴ ㅁ]에서 떨어진다

원숭이는 나무 타기의 달인이지만 실수로 나무에서 떨어지기도 해요. **일을 아주 잘하는 사람도 때로는 실수한다는 말**이에요.

정답 | 나무

236

윗물이 맑아야 ㅇㄹㅁ도 맑다

위에서 맑은 물이 흘러야 아랫물도 맑아요. 아랫사람에게 영향을 주는 것이 윗사람인 만큼, 윗사람이 바른 행동을 해야 아랫사람도 바르게 된다는 뜻이에요.

정답 | 아랫물

237

은혜를 ㅇ ㅅ 로 갚는다

은혜를 입었으면 감사하는 마음으로 보답해야 하는데 **은혜를 저버리고 도리어 해를 끼칠 때 쓰는 말**이에요.

정답 | 원수

이가 없으면 ㅇㅁ으로 산다

이가 빠져도 잇몸으로 음식을 먹을 수 있듯이,
꼭 필요했던 것이 없어도 다른 것으로 대신하여 버틸 수 있다는 뜻으로 쓰는 말이에요.

정답 | 잇몸

이웃이 ㅅ ㅊ 보다 낫다

먼 곳에 사는 친척보다 가까이 사는 이웃이 좋다는 말이에요. **자주 보는 사람이 정도 많이 들고 도움을 주고받기도 쉽다는 뜻**으로 써요.

정답 | 사촌

입은 삐뚤어져도 □은 바로 하랬다

말의 중요성을 강조한 말이에요. 입이 멀쩡한 사람이 바르지 못한 말을 해서는 안 되겠지요? **상황이 어떻든지 말은 항상 바르게 해야 한다는 뜻**이에요.

정답 | 말

자는  건드린다

벌은 먼저 건드리지 않으면 공격하지 않아요. 가만히 두었으면 사고가 없을 것을 괜히 건드려서 문제를 일으켜 피해를 보는 경우를 말해요.

정답 | 벌집

ㅈㄷㄱ 봉창* 두드린다

*봉창 : 창틀 없이 뚫린 벽에 종이로 막은 창문.

한밤중에 난데없이 창문을 두드린다는 말은, 뜻밖의 행동이나 말을 불쑥 하는 행동을 이르는 말이에요.

정답 | 자다가

자라 보고 놀란 가슴 ㅅㄸㄲ 보고 놀란다

자라를 보고 놀란 적이 있는 사람은 그것과 닮은 솥뚜껑만 보아도 놀라요. **무언가에 몹시 놀란 사람은 비슷한 사물만 보아도 겁내는 것을 보고 하는 말**이에요.

정답 | 솥뚜껑

자빠져도 ㅋ 가 깨진다

운이 없으면 뒤로 넘어져도 얼굴에 있는 코를 다쳐요.

운이 없어 하는 일마다 잘 안되고 뜻밖의 나쁜 일까지 생긴다는 말이에요.

정답 | 코

ㅈ ㅅ 을 길러 봐야 부모 사랑을 안다

부모님의 마음은 내가 부모가 되었을 때야 비로소 알 수 있어요.
부모의 사랑은 자식이 그 끝을 다 알 수 없을 만큼 깊고 두터움을 이르는 말이에요.

정답 | 자식

246

잘되면 제 탓
못되면 ㅈㅅ 탓

어떤 일이 잘되면 내가 잘해서 그렇다고 생각하고, 잘못되면 조상 탓을 하며 불평해요. **일이 안되서 그 책임을 남에게 돌리는 태도를 보고 하는 말**이에요.

정답 | 조상

ㅈ ㄴ 코끼리 만지기

여러 명의 장님이 코끼리의 각기 다른 부위를 만지고서는 모두 자기가 알고 있는 것이 코끼리라고 우겨요. **아주 조금 알면서도 전부 다 아는 것처럼 굴 때** 써요.

정답 | 장님

재주는 곰이 넘고 ㄷ 은 주인이 받는다

재주는 곰이 넘고 그것으로 번 돈은 주인이 가져가요.
힘을 들여 일한 사람은 따로 있는데 그 일에 대한 이득은 다른 사람이 차지할 때 쓰는 말이에요.

정답 | 돈

제 ㄲ 에 제가 넘어간다

남을 속이려고 꾀를 부리다가 도리어 자기가 그 꾀에 속아 넘어간다는 말로, **지나치게 생각해서 일을 꾸미면 손해를 본다는 뜻**이에요.

정답 | 꾀

제 눈에 ㅇ ㄱ

내 안경은 내 눈에 맞춰져서, 다른 사람이 쓰면 잘 안 보이지만 내가 쓰면 잘 보여요. **보잘것없는 것이라도 내 마음에 들면 좋게 보인다는 뜻**이에요.

정답 | 안경

종로에서 빰 맞고 한강 가서 ㄴ 흘긴다

빰을 맞은 자리에서는 아무 말도 못 하다가 다른 곳에 가서 화풀이해요. 당한 곳에서는 가만히 있다가 다른 곳에 가서 불평하는 것을 뜻하는 말이에요.

정답 | 눈

ㅈㅇ 약은 입에 쓰다

약은 쓰고 먹기 힘들지만, 몸을 건강하게 해 줘요.
나에 대한 충고나 비판이 당장은 듣기 싫지만, 그것을 달게 받아들이면 나에게 이롭다는 뜻이에요.

죽 쑤어 ㄱ 좋은 일 하였다

정성껏 죽을 만들었는데 생각지도 않던 개가 모두 먹어 버리면 기분이 어떨까요? **애써 한 일을 남에게 빼앗겨 엉뚱한 사람만 이롭게 되었을 때 쓰는 말**이에요.

정답 | 개

쥐 [ㄱ ㅁ]에도 볕 들 날이 있다

작고 구석진 곳에 있는 쥐구멍에도 햇볕 들 날이 있어요.
아무리 힘들고 어려운 사람이라도 좋은 날이 있다는 뜻으로, 인생에서 좋은 시기를 나타내요.

정답 | 구멍

지렁이도 밟으면 ㄲ ㅌ 한다

지렁이 같이 작은 동물도 밟히면 빠져나가려 애쓰듯이,
아무리 순하고 좋은 사람이라도 너무 업신여기면 화를 낸다는 뜻이에요.

정답 | **꿈틀**

ㅈ ㅅ (지극한 정성)이면 감천*

*감천 : 정성이 지극하여 하늘이 감동함.

정성이 지극하면 하늘도 감동하여 도와준다는 뜻으로, **무슨 일이든 정성을 다하면 좋은 결과를 맺는다는 말**이에요.

정답 | 지성

집에서 새는 ㅂ ㄱ ㅈ 는 들에 가도 샌다

한 번 새는 바가지는 어디서나 새기 마련이에요. **원래 성질이 좋지 않은 사람은 어디를 가도 변하지 않는다는 말**이에요.

정답 | 바가지

258

ㅈ ㅅ 도 제짝이 있다

헌 짚신도 제짝이 있어요. 모든 신발은 두 짝으로 만들어졌으니까요. **아무리 보잘것없는 사람이라도 다 짝이나 배우자가 있다는 말**이에요.

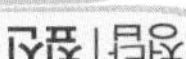

찬물도 ㅇㅇㄹ가 있다

찬물을 먹더라도 어른부터 차례로 대접해야 한다는 말이에요.

무슨 일이든 나름의 순서가 있으니,
차례를 따라야 한다는 뜻이에요.

정답 | 위아래

참새가 ㅂ ㅇ ㄱ 을 그냥 지나치랴

방앗간에는 참새가 좋아하는 곡식이 가득해요. **좋아하는 곳을 그대로 지나칠 수 없을 때, 욕심 많은 사람이 눈앞의 이익을 보고도 그냥 지나치지 못할 때** 써요.

정답 | 방앗간

천리* 길도 [ㅎ] 걸음부터

*리 : 거리를 나타내는 옛말. 천 리면 대략 서울과 부산 사이.

먼 길을 가는 것도 처음의 한 걸음부터 시작되는 거예요.
무슨 일이든 그 시작이 중요하다는 말이에요.

정답 | 한

262

ㅊ ㄱ 따라 강남 간다

친구가 가니까 멀고 익숙하지 않은 곳인데도 따라간다는 말로,
남에게 이끌려서 덩달아 하게 됨을 이르는 말이에요.

정답 | 친구

칼로 □ 베기

흐르는 물은 칼로 베어 봤자 절대 잘리지 않아요.
이처럼 **두 사람이 다투다가도 시간이 조금 지나면 다시 사이가 좋아지는 것을 뜻하는 말**이에요.

정답 | 물

콩 볶아 먹다 ㄱ ㅁ ㅅ 깨뜨린다

콩을 볶아 먹는데 뜨거운 열기를 이기지 못한 가마솥이 쩍 하고 깨져 버렸어요. **사소한 일을 하다가 큰일을 만드는 경우를 두고 하는 말**이에요.

정답 | 가마솥

콩 심은 데 콩 나고 [ㅍ] 심은 데 팥 난다

콩을 심은 곳에는 콩이 나지, 팥이 날 리 없어요.
모든 일은 원인에 따른 결과가 생긴다는 말이에요.

정답 | 팥

266

콩으로 ㅁ ㅈ 를 쑨다고 해도 안 믿는다

콩으로 메주를 만드는 것은 당연한 사실이에요.
거짓말을 자주 해서 아무리 사실을 말해도 사람들이 믿지 않을 때 쓰는 말이에요.

정답 | 메주

타고 난 ㅈㅈ 사람마다 하나씩은 있다

사람은 누구나 한 가지씩의 재주는 가지고 있어서 그것으로 먹고살기 마련이라는 뜻이에요.

정답 | 재주

티끌* 모아 ㅌㅅ

*티끌 : 티와 먼지.

먼지도 쌓이면 큰 산이 되듯이,
작은 것이라도 모이고 모이면 나중에 큰 것이 된다는 말이에요.

정답 | 태산

팔이 [ㅇ]으로 굽지 밖으로 굽나

팔이 내 몸의 안쪽으로 굽어지듯, **나와 친한 사람에게 더 정이 가므로, 그 사람에게 좋도록 일을 꾸미는 것이 당연하다는 뜻**이에요.

정답 | 안

팥으로 ㅁ ㅈ 를 쑨대도 곧이 듣는다

메주는 콩으로 만드는 것인데 팥으로 쑨다고 해도 믿는다는 말은,
지나치게 남의 말을 믿는 사람에게 놀리며 하는 말이에요.

정답 | 메주

평안 감사*도 저 ㅅㅇㅁ 그만이다

*평안 감사 : 조선시대에 평안의 으뜸 벼슬.

조선 시대에 알아주는 벼슬 중 하나가 평안 감사였다고 해요. 하지만 아무리 좋은 일이라도 하는 사람의 마음이 내키지 않으면 억지로 시킬 수 없다는 말이에요.

정답 | 싫으면

푸줏간*에 들어가는

ㅅ 걸음

*푸줏간 : 옛날에 고기를 팔던 곳.

푸줏간에 들어가는 소는 얼마나 무섭겠어요.
벌벌 떨며 무서워하거나 마음에
안 내키는 일을 억지로 하는 모습을 이를 때 써요.

정답 | 소

풀 방구리*에 ㅈ 드나들듯

*방구리 : 주로 물을 긷거나 술을 담는 그릇.

풀을 쑤어 담아 놓은 그릇에 풀을 먹으려고 들락날락하는 쥐처럼, **자주 드나드는 것을 보고 하는 말**이에요.

정답 | 쥐

ㅍ 안의 자식

자식이 어렸을 때는 부모님의 품 안에서 놀며 자라요.
하지만 **나이가 들어서는 제 뜻대로 행동하여 부모님과 멀어진다는 것을 이를 때 쓰는 말**이에요.

정답 | 품

275

[ㅍ]는 물보다 진하다

이 속담에서 '피'는 함께 피를 나눈 사람 즉, 가족이라는 말이에요.
가족끼리 정이 깊다는 뜻으로 써요.

정답 | 피

 없는 무덤 없다

무덤이 생긴 데에는 저마다 이유가 있어요. 이렇듯 **어떤 일이건 그럴듯한 이유가 있기 마련이라는 뜻**이에요.

정답 | 핑계

하나는 열을 꾸려도 열은 ㅎ ㄴ 를 못 꾸린다

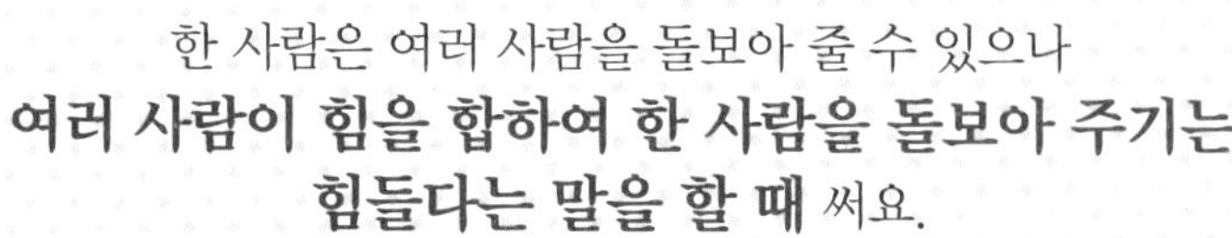
한 사람은 여러 사람을 돌보아 줄 수 있으나
여러 사람이 힘을 합하여 한 사람을 돌보아 주기는 힘들다는 말을 할 때 써요.

정답 | 하나

278

하나를 듣고 [ㅇ]을 안다

한마디 말만 듣고도 여러 가지 사실을 미루어 알아내요.
그 정도로 **매우 똑똑하고 총명하다는 말**이에요.

정답 | 열

하나만 알고 ㄷ 은 모른다

어떤 사물에 대해 하나를 알려 주면 그것에만 신경 쓰느라 주변을 두루 보지 못해요. **생각이 다양하지 못할 때 쓰는 말**이에요.

정답 | 둘

ㅎ ㄴ 을 보아야 별을 따지

높은 하늘에 있는 별을 따려면 우선 하늘부터 보아야겠죠? **어떤 일을 제대로 이루려면 그에 맞는 노력과 준비가 필요하다는 말**이에요.

정답 | 하늘

281

하늘의  따기

별은 손이 닿지 않는 우주 먼 곳에 있어서 딸 수 없어요.
무엇을 얻기가 불가능할 정도로 힘들거나,
어떤 일을 이루기 어려울 때 쓰는 말이에요.

정답 | 별

하늘이 무너져도 솟아날 ㄱㅁ 이 있다

하늘이 무너져 앞이 깜깜해도 한 줄기 빛이 보인다면 희망이 생길 거예요. 아무리 어려운 상황에 부딪히더라도 그것을 벗어날 길이 있다는 뜻이에요.

정답 | 구멍

하룻강아지 범 ㅁㅅㅇ 줄 모른다

태어난 지 얼마 안 된 어린 강아지는 호랑이가 얼마나 무서운지 몰라요. **철없이 아무것도 모르고 함부로 덤비는 경우에 쓰는 말**이에요.

정답 | 무서운

한 귀로 듣고 한 ㄱ 로 흘린다

다른 사람의 말이 머릿속에 남지 않고 한쪽 귀로 모두 빠져나가는 것처럼 **남이 애써 한 말을 대충 들을 때 하는 말**이에요.

정답 | 귀

한 번 속지
ㄷ 번 안 속는다

어떤 사람이 같은 속임수를 여러 번 쓴다면 그 속이 뻔히 보일 거예요. **처음에는 모르고 속을 수 있지만, 또 속지는 않는다는 말**이에요.

정답 | 두

한 푼 ㅇㄲㄷ 백 냥 잃는다

'푼' 은 예전에 돈을 세는 단위로 적은 액수라고 여길 때 쓰는 말이에요. 작은 것을 아끼려다 오히려 큰 손해를 보는 경우에 쓰는 말이에요.

정답 | 아끼다

287

한술* 밥에  부르랴

*한술 : 숟가락으로 한 번 뜬 음식.

밥을 한 숟가락만 먹고는 배부르지 않듯이, 무슨 일이든 처음부터 큰 성과를 기대할 수 없어요. **힘을 조금만 들이고는 큰 효과를 바랄 수 없다는 뜻**이에요.

정답 | 배

288

형만 한 ㅇㅇ 없다

먼저 태어난 형이 동생보다 보고 경험한 것이 많아요.
지식이나 경험이 많은 만큼 모든 일에 있어 형이 동생보다 낫다는 말이에요.

정답 | 아우

호랑이 ㄱ 에 들어가야 호랑이를 잡는다

호랑이를 잡으려면 호랑이가 사는 굴에 들어가야 하듯이,
**원하는 성과를 얻으려면 그것에 맞는 일을
해야 한다는 뜻으로 쓰는 말**이랍니다.

정답 | 굴

호랑이 없는 골* 에 토끼가 □ 노릇 한다

*골 : '고을' 의 줄임말.

호랑이가 떠나 우두머리가 없는 마을에서 토끼가 왕이 된 듯이 행동해요. **뛰어난 사람이 없는 곳에서 보잘것없는 사람이 힘을 얻는다는 뜻으로 쓰는 말**이에요.

정답 | 왕

호랑이는 죽어서 가죽을 남기고 사람은 죽어서 ㅇ ㄹ 을 남긴다.

호랑이는 죽으면 귀한 가죽을 남기고 사람은 죽은 다음 명예를 남긴다는 뜻이에요. **살아 있을 때 좋은 일을 해 놓으면 후세에 명예를 떨칠 수 있다는 말**이랍니다.

정답 | 명예

호랑이도 ㅈ ㅁ 하면 온다

깊은 산 속에 사는 호랑이도 자기에 대하여 이야기하면 찾아온다는 말로, **어디서든 남의 이야기를 함부로 해선 안 된다는 뜻**이에요.

정답 | 제 말

호랑이에게 물려 가도 ㅈㅅ만 차리면 산다

호랑이에게 잡혔다고 정신마저 놓으면 빠져나올 방법도 생각할 수 없어요. **아무리 급한 상황이더라도 정신을 똑똑히 차리면 잘 해결할 수 있다는 말**이에요.

호미로 막을 것을 ㄱ ㄹ 로 막는다

호미는 작고 가래는 큰 농기구예요. 일을 미루다가 호미로 할 일을 가래로 하게 되었어요. **일이 작을 때 미리 하지 않았다가 나중에 큰 힘을 들이는 경우**에 써요.

정답 | 가래

호박이 ㄴㅋㅉ로 굴러떨어졌다

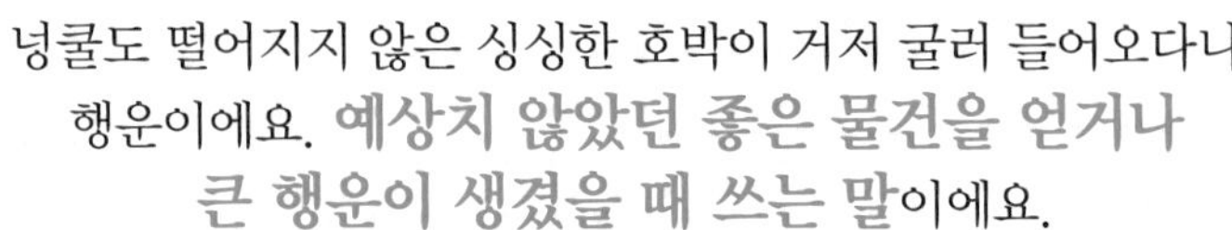
넝쿨도 떨어지지 않은 싱싱한 호박이 거저 굴러 들어오다니 행운이에요. **예상치 않았던 좋은 물건을 얻거나 큰 행운이 생겼을 때 쓰는 말**이에요.

정답 | 넝쿨째

296

ㅎ 떼러 갔다가 ㅎ 붙여 온다

혹부리 영감이 도깨비를 만나 혹을 떼려다 하나 더 붙여 왔다는 이야기에서 나온 말로, **골치 아픈 일을 해결하려다가 오히려 다른 일까지 떠맡게 됐다는 말**이에요.

정답 | 혹

297

ㅎ ㅅ 먹다가 이 빠진다

홍시는 아주 말랑말랑해서 먹다가 이를 다칠 일이 없어요. 그런 홍시를 먹다가 이가 빠지는 것처럼 **쉽거나 당연히 될 줄 알았던 일에서 어려움을 겪을 때 쓰는 말**이에요.

정답 | 홍시

298

효성이 지극하면 돌 위에 [ㅍ] 이 난다

부모님께 마음을 다하면 기적 같은 일이 생기듯이,
어떤 상황에서도 자식의 도리를
다해야 한다는 뜻으로 쓰는 말이에요.

정답 | **풀**

흐르는 물은 ㅆ ㅈ 않는다

한 곳에 오랫동안 고여 흐르지 않는 물은 썩어 버려요.
이처럼 **사람도 언제나 일하고 공부하며 단련해야 시대에 뒤떨어지지 않는다는 뜻**이에요.

정답 | 썩지

흰 것은 종이요 검은 것은 ㄱ ㅆ 라

책을 펼쳐도 글을 읽을 줄 모른다는 뜻으로, **무식하여 글을 알아보지 못하는 것을 놀리며 하는 말**이에요.

정답 | 글씨

말에 관한 속담

가는 말이 고와야 오는 말이 곱다

내가 친구에게 말이나 행동을 좋게 해야, 친구도 나에게 좋게 한다는 말이에요.

말 한마디에 천 냥 빚도 갚는다

말을 잘하면 돈을 빌려 준 사람의 마음도 움직일 수 있어요. 말을 공손하고 조리 있게 잘하면, 어려운 일도 말로써 해결할 수 있다는 뜻이에요.

발 없는 말이 천 리 간다

발 없는 말이란 동물이 아니라 사람들끼리 주고받는 이야기를 뜻해요. 말은 아주 멀리까지 순식간에 퍼지므로 항상 말조심해야 한다는 뜻이에요.

입은 비뚤어져도 말은 바로 하랬다

말의 중요성을 강조한 말이에요. 입이 멀쩡한 사람이 바르지 못한 말을 해서는 안 되겠지요? 상황이 어떻든지 말은 항상 바르게 해야 한다는 뜻이에요.

호랑이도 제 말 하면 온다

깊은 산 속에 사는 호랑이도 자기에 대하여 이야기하면 찾아온다는 말로, 어디서든 남의 이야기를 함부로 해선 안 된다는 뜻이에요

가족에 관한 속담

고슴도치도 제 자식이 제일 곱다고 한다

털이 뾰족뾰족 날카로운 고슴도치도 제 자식의 털은 부드럽다고 안아 줘요. 남들 눈에는 예뻐 보이지 않아도 모든 부모는 자식이 가장 예뻐 보인다는 뜻이에요.

열 손가락 깨물어 안 아픈 손가락 없다

열 손가락 중 어느 하나도 깨물어서 아프지 않은 손가락이 없듯이, 부모는 자식이 많아도 전부 소중하게 여긴다는 말이에요.

자식을 길러 봐야 부모 사랑을 안다

부모님의 마음은 내가 부모가 되었을 때야 비로소 알 수 있어요. 부모의 사랑은 자식이 그 끝을 다 알 수 없을 만큼 깊고 두터움을 이르는 말이에요.

피는 물보다 진하다

이 속담에서 '피'는 함께 피를 나눈 사람 즉, 가족이라는 말이에요. 가족끼리 정이 깊다는 뜻으로 써요.

형만 한 아우 없다

먼저 태어난 형이 동생보다 보고 경험한 것이 많아요. 지식이나 경험이 많은 만큼 모든 일에 있어 형이 동생보다 낫다는 말이에요.

효성이 지극하면 돌 위에 풀이 난다

부모님께 마음을 다하면 기적 같은 일이 생기듯이, 어떤 상황에서도 자식의 도리를 다해야 한다는 뜻으로 쓰는 말이에요.

노력에 관한 속담

고생 끝에 낙이 온다

낙은 즐거움이나 재미를 말해요. 어려운 일을 겪고 나면 반드시 좋은 일이 생긴다는 말이에요. 열심히 살아가는 많은 사람에게 희망을 줄 때 쓰는 말이랍니다.

공든 탑이 무너지랴

오랜 시간 공들여 쌓은 탑은 쉽게 무너지지 않아요. 정성을 다해 한 일은 반드시 좋은 결과를 얻는다는 뜻이에요.

구르는 돌은 이끼가 안 낀다

꾸준히 움직이고 구르는 돌에는 이끼가 낄 시간이 없어요. 이렇듯 쉬지 않고 노력하는 사람은 계속 발전한다는 말이에요.

지성(지극한 정성)이면 감천*

정성이 지극하면 하늘도 감동하여 도와준다는 뜻으로, 무슨 일이 정성을 다하면 좋은 결과를 맺는다는 말이에요. *감천 : 정성이 지극하여 하늘이 감동함.

한술 밥에 배부르랴

밥을 한 숟가락만 먹고는 배부르지 않듯이, 무슨 일이든 처음부터 큰 성과를 기대할 수 없어요. 힘을 조금만 들이고는 큰 효과를 바랄 수 없다는 뜻이에요.

친구에 관한 속담

먹을 가까이하면 검어진다

먹은 글씨를 쓰거나 그림을 그릴 때 사용하는 검은 물감이에요. 먹을 만지면 손이 검게 물들 듯, 나쁜 사람 옆에 있으면 그 사람의 영향을 받아 닮게 된다는 뜻이에요.

바늘 가는 데 실 간다

바느질을 하려면 반드시 바늘과 실이 같이 필요해요. 서로 꼭 붙어 다니는 가까운 사이를 이르는 말이에요.

친구 따라 강남 간다

친구가 가니까 멀고 익숙하지 않은 곳인데도 따라간다는 말로, 남에게 이끌려서 덩달아 하게 됨을 이르는 말이에요.